CHARLES BERJOLE

LE MISSEL

UN JOUR DE WATTEAU
LA PLUS CHÈRE BEAUTÉ

THÉATRE EN VERS

ANDRÉ BRUEL
39, Rue Plantagenet, 39
ANGERS

LE MISSEL

CETTE ÉDITION A ÉTÉ TIRÉE A 10 EXEMPLAIRES
SUR PAPIER DU JAPON, NUMÉROTÉS DE 1 A 10
ET 100 EXEMPLAIRES SUR ALFA NON NUMÉROTÉS.

CHARLES **BERJOLE**

d'après un portrait de CHARLES MASSARD *(1906)*

CHARLES BERJOLE

LE MISSEL

UN JOUR DE WATTEAU
LA PLUS CHÈRE BEAUTÉ

THÉATRE EN VERS

ANDRÉ BRUEL
39, Rue Plantagenet, 39
ANGERS

LE MISSEL

Enluminure en un acte en vers

PERSONNAGES

LA COMTESSE BERTHE.......................... 30 ans

LE SEIGNEUR, COMTE DES BOISSIÈRES.......... 50 ans

LOYS, page .... 18 ans

RENAUD, page .... 18 ans

BERTRANDE, demoiselle d'honneur.............. 18 ans

Un valet
Un cuisinier } personnages muets.

La terrasse d'un château, milieu du XIXe siècle. A gauche, corps de bâtiment; à droite, escalier accédant à cette terrasse et masses d'arbres.

Au premier plan, à gauche, un banc en pierre en hémicycle ; un peu plus loin, un siège en X et, sur le sol, près de ce meuble, des coussins. Sur ces coussins, une viole d'amour.

Au-delà de la terrasse, on aperçoit le donjon du château et les toits des autres parties de bâtiments et, tout au fond, entre des coteaux bleuissants, la bande argentée d'un fleuve qui est peut-être la Loire.

C'est par un crépuscule d'été mystérieux et fin; le jour baisse pendant tout l'acte.

(Les décors et les costumes, sans être anachroniques, seraient pourtant précieux et un peu rêvés.)

LE MISSEL

Enluminure en un acte en vers

SCÈNE PREMIÈRE

LOYS — RENAUD

Loys est assis sur le banc de pierre.

RENAUD

Se levant de l'X où il était assis, bâillant et se tirant les bras.

Que je suis las, Loys, de toujours voir couler
Insipide et pareil l'or fin du sablier,
Voir demain ressembler comme un frère à la veille,
Et vivre chaque jour des minutes pareilles,
Mon Dieu, ce n'est pas gai...

LOYS

Vous vous ennuyez bien ?

RENAUD

Prodigieusement, cher ami, c'est certain.

Vous ne tarderez pas à faire, hélas ! de même.
Etre cloîtré, muré, loin de tout ce qu'on aime,
Etre sage, assister aux offices pieux,
Marcher sans bruit, se taire et, sans lever les yeux,
De Dame Berthe, indifférents, porter la traîne.
Vous êtes parmi nous depuis un mois à peine ;
Vous avez pu ne pas connaître encor l'ennui,
L'ennui, l'ennui profond, la tristesse de nuit
Qui revêt toute chose en la sombre demeure.

Loys, souriant.

Pauvre ami ! ·

Renaud

Vous saurez le poids si lourd de l'heure.
Vous-même êtes déjà moins joyeux qu'en entrant.

Loys

Vous croyez ?

Renaud

J'en suis sûr, ce visage charmant,
Qui fit tant chuchoter les gentes demoiselles
De dame Berthe, s'est apâli, vos prunelles
N'ont plus le jeune éclat de votre premier jour ;
Ou vous souffrez d'ennui ou vous souffrez d'amour.

— 10 —

LOYS

Vous riez !... Que faut-il pour contenter votre âme ?

RENAUD

Ce qu'il faudrait, Loys, c'est une rouge flamme
Battant sur le donjon, des casques dans les cours,
Des archers à guetter les chemins d'alentour.
C'est un parfum terrible et joyeux de bataille,
Comme un cordon d'argent autour de ces murailles,
Des gens de guerre, un grand frisson mettant au cœur
L'ivresse de mourir ou bien d'être vainqueur !

LOYS

Notre seigneur n'est pas d'humeur si belliqueuse !

RENAUD

Notre Maître a le cœur d'une vieille fileuse
Et l'estomac d'un ogre immense et dévorant ;
Son œil gris, toujours las, s'éclaire au seul instant
Où l'écuyer tranchant découpe la volaille.
La table ! Ah ! voilà bien son vrai champ de bataille,
Sa bravoure s'exerce aux seules venaisons
Et, son vrai lieutenant, c'est le grand échanson ! —
Il en oublie, et c'est chose à peine croyable,
Dame Berthe, sa femme, exquise et désirable

Infiniment... Oh ! fuir ce castel décevant,
Et libre, libre enfin, courir les bois, les champs !
Oh ! le rêve enfantin de mes jeunes années :
Galoper sans contrainte en suivant les armées,
Dans le miroir bougeur des heaumes reluisants
Voir se réfléter l'aube et saigner les couchants,
Sous l'envol triomphant des étendards de France,
Grisé des chants altiers, des glaives et des lances,
Connaître la grandeur du soir victorieux.
Dites-moi, n'est-ce pas le moyen d'être heureux ?

Loys, rêveur.

Je rêve, moi, Renaud, de trop hautes victoires,
Je suis hanté parfois de trop complètes gloires
Et je ne saurai pas ces bonheurs merveilleux
Dont je lis le désir aux flammes de vos yeux...

RENAUD

Je ne vous comprends pas.

Loys

                    C'est que, pour moi, la vie
Garde une autre chimère ardente, poursuivie
Sans trêve et qui pourtant se dérobe toujours.
Plus qu'un bonheur cruel, moi, j'aimerai l'amour !

L'amour...

Oui, n'est-ce pas la gloire la plus belle,
N'est-ce pas la victoire adorable, éternelle,
D'avoir pris savamment la tendresse d'un cœur,
D'en être juge et maître et souverain seigneur,
De s'endormir au creux d'une épaule de femme
Dans l'orgueil étonné d'avoir conquis une âme ?

RENAUD, riant.

Certe il est vraiment doux de baiser les beaux yeux
D'une maîtresse qui ne demande pas mieux ;
Pourtant vous m'étonnez ; aux femmes je préfère
Le jeu noble et l'ivresse ardente de la guerre.

LOYS, doucement lyrique.

C'est que vous n'aimez pas. Vous ne pouvez savoir
Le souffle merveilleux et le grand vent d'espoir
Qui passent dans les cœurs d'amants et les enivrent.
Il faut aimer, Renaud, pour commencer à vivre ;
Pour savoir la caresse exquise des matins,
Pour pleurer des soirs lourds de fleurs ou de parfums,
Pour souffrir des bonheurs insensés et des peines
Qui font toucher le fond des détresses humaines.

RENAUD

Et vous aimez ainsi ?

LOYS

J'aime comme cela.
Une femme sourit, prit mon cœur et passa...

RENAUD

Sans espoir ?

LOYS

Sans espoir que rimer pour ma Dame.

RENAUD

C'est vague !... Et vous cachez l'objet de votre flamme ?

Loys ne répond rien.

RENAUD

Oh ! je devine... c'est une fille d'honneur.
Mais qui ? mais qui ? Voyons, je sais leurs noms par cœur,
Je vais les dire et quand je nommerai l'élue,
Vous rougirez... c'est dit !... Blanche de la Ballue !

Il regarde malicieusement Loys qui n'a pas cillé.

Ah ! j'aurais cru pourtant car elle a fort grand air,
Si brune avec ses yeux si bizarrement clairs !
C'est... Anne de Jolen aux doux cheveux d'or pâle,
Qui semble sortir d'un vitrail de cathédrale,

Et qui s'en va, les yeux baissés, par les jardins
Mirer sa beauté triste aux miroirs des bassins ?
Même jeu.

Eh ! serait-ce Bertrande aux façons cavalières
Et qui passe en claquant les portes par derrière,
Faisant du bruit, riant aux éclats, des chansons
Tout le jour s'échappant de son cœur de pinson ?
Ou Ghislaine si douce, ou Rolande si fière ?

Loys, souriant.

Ne cherchez pas, Renaud, vous n'en approchez guère !

Renaud

Voyons, mon cher ami, faites-moi son portrait ;
Aidez-moi et peut-être alors je trouverai.

Loys

Eh ! bien, voici : Elle est adorablement blonde,
Ses beaux yeux ont l'éclat vert et prenant de l'onde.
Elle passe... et c'est tous les printemps écoulés
Qui s'effacent alors comme à jamais voilés
Par cet avril vivant, par la douce lumière
De son regard et par sa grâce jeune et fière,
Et, si femme, elle garde un air presque enfantin !
Son rire évoque la jeunesse des matins

— 15 —

Et sa tristesse est celle, exquise et résignée,
Des petites à qui l'on a pris leur poupée,
Qui pleurent en des mots très câlinement doux.
Je me meurs doucement de l'aimer comme un fou
Sans pouvoir le lui dire...

RENAUD, moqueur.

Eh ! oui, la chose est grave !
Vous avez peur ! et moi qui vous croyais si brave !
Osez, beau page, osez, et vous verrez son cœur
S'ouvrir à votre aveu et se rendre au vainqueur.

LOYS, triste.

Non, ma Dame est trop loin et je n'ose et je tremble :
Ma Dame si lointaine et si près tout ensemble !

RENAUD

Je ne vous comprends plus du tout.

LOYS

Ne cherchez pas !
Mon rêve est fou, mon rêve est coupable.

Bruits.

RENAUD

Plus bas !

Voici notre seigneur et voici, toujours belle,
Dame Berthe.

LOYS

Oh ! mon Dieu !

RENAUD, qui à cette exclamation s'est retourné stupéfait.

Quoi ! ce serait...

LOYS, tout bas.

C'est elle !

SCÈNE II

LOYS — RENAUD — LE SEIGNEUR — DAME BERTHE

> Le Seigneur entre en marchant à reculons, conti-
> nuant à donner des ordres à un cuisinier qui
> l'écoute, l'échine basse. (Les premiers vers seront
> dits dans la coulisse).

LE SEIGNEUR

Et dressez bien les plats ! Que les faisans, surtout,
Soient ornés de festons enlacés avec goût !
N'oubliez pas la sauce et la tarte au gingembre,
Et montez du meilleur, le plus vieux, couleur d'ambre.

> Le cuisinier redescend l'escalier.

Dame Berthe, elle a dans la main un missel fermé.

Laissez-donc, mon ami, tous ces soins à nos gens.

Le Seigneur

Madame, quel festin aurions-nous donc vraiment
Si ces manants tout seuls s'occupaient à la fête ?
Je tremble d'y penser, c'est à perdre la tête.
Si l'on ratait la sauce aux épices, Seigneur !
Que deviendrions-nous ?

Berthe, riant.

Mon Dieu ! le beau malheur !

Le Seigneur, fâché.

Vous m'étonnez, Madame, et votre indifférence
Me courrouce vraiment.

Berthe

Je suis sans défiance,
Le cuisinier est un grand maître dans son art.

Le Seigneur

Mais il faut avoir l'œil : hier encor, pas plus tard,
Je l'ai surpris comme il préparait une crème
Que je voulais légère ainsi que, moi, je l'aime ;

Le malheureux prenait ce moyen tout nouveau
Pour l'éclaircir, d'y mettre au lieu de lait, de l'eau !
Entendez-vous ? de l'eau !

BERTHE

C'est un forfait très grave !

LE SEIGNEUR

C'est un gigot pas cuit, filandreux, trop dur, hâve
Qu'il nous sert l'autre jour... Madame, vous riez ?
Et pourquoi riez-vous ?

BERTHE, ironique.

Mais oui, que vous prissiez
Pour un pareil méfait figure si terrible,
Cela m'amuse un peu ; c'est d'un drôle indicible.

LE SEIGNEUR, furieux.

Oh ! les femmes !

Se tournant vers les pages.

Voyons, venez çà, vous, les pages.
Un tout puissant seigneur de notre voisinage
Me fait l'honneur, ce soir, de dîner au château,
Vous prendrez votre toque et votre habit nouveau ;
Je veux que ma maison soit de bonne apparence,
Et tous deux vous irez, à quelques pas d'avance,
Aux portes du castel, des torches à la main,
Recevoir dignement le seigneur suzerain.

SCÈNE III

LES MÊMES — BERTRANDE

BERTRANDE

*Entrant en coup de vent, puis s'arrêtant tout d'un coup devant
Berthe, avec une révérence*

Madame la comtessse...

BERTHE, *vivement.*

Ah ! mon collet d'hermine !
C'est pour cela que l'on me cherchait, j'imagine ?

BERTRANDE

Dans la salle d'en bas Dame Gertrude attend.

BERTHE

Dis-lui que je m'en vais essayer dans l'instant.

Au Seigneur.

Il paraît que ce soir il faut être très belle.

Appelant Bertrande.

A-t-on bien ajusté mon voile de dentelle
A mon hennin fleuri ?

BERTRANDE

Madame, tout est prêt.

Nous avons travaillé tout le jour sans arrêt.

Elle salue et sort.

BERTHE

Pendant ces dernières répliques elle a déposé son missel sur le banc
de pierre.

Bertrande, je te suis.

LE SEIGNEUR

Moi, je vous accompagne,

Je veux aussi juger.

BERTHE, avec une naïveté feinte.

Ici c'est la campagne,

Vous savez, cher Seigneur, soyez-nous indulgent,
La mode de Paris nous vient si lentement !
On m'a dit qu'on portait à droite l'aumônière,
L'auriez-vous jamais cru ?

LE SEIGNEUR, pontifiant.

Je serai peu sévère,

— 21 —

Mais je tiens cependant pour notre bon renom
Que jamais on ne vît chez moi cet abandon
Qu'étale la vêture en notre cour de France.
Ces modes d'aujourd'hui frisent l'inconvenance,
Et j'ai vu chez le roi, certain soir, à souper,
Des gorgerettes dont rougirait un archer.

Berthe

Ne craignez pas chez vous, Seigneur, choses semblables.
Elle sort, lente et coquette, oubliant le missel sur le banc.

Le Seigneur, navré et très digne.

Où nous mènent, mon Dieu ! ces mœurs abominables !
Il sort à son tour.

SCÈNE IV

LOYS — RENAUD

Renaud

Deviens-tu fou, Loys, aimer la châtelaine !

Loys

Je l'aime d'autant plus que l'espérance est vaine ;

Elle est la dame inaccessible des romans.

RENAUD, moqueur.

Et notre seigneur, c'est le dragon fulminant
Qui garde la princesse en la tour enchantée. —
Ce n'est pas sérieux ?

LOYS

J'ai l'âme épouvantée
Quand j'y regarde au fond scintiller mon amour,
Fleur mortelle qui croît un peu plus chaque jour.

RENAUD

Pas de mots vains, l'ami, écoute-moi, sois brave,
Vite tu guériras.

LOYS

Toujours sa voix suave
M'est comme un philtre fort, attirant et pervers
Que je bois éperdu.

RENAUD

Sans le trouver amer.

LOYS

Aimer toujours ainsi sans pouvoir le lui dire.

RENAUD

C'est dangereux, c'est vrai, car il pourrait t'occire

Si la Dame... Eh ! Eh ! Eh !...

LOYS

Tais-toi, je te défends...

RENAUD

De pouvoir espérer ton bonheur. Ah ! vraiment,
Tu m'amuses, mon cher. Quelle triste existence
Tu t'es faite, passer chaque jour dans des transes
D'apercevoir son maître et seigneur l'embrasser.
Les pages ! des enfants ! Pourquoi donc se gêner.

LOYS

Tais-toi, je t'en supplie.

RENAUD, riant.

Il te faut du courage.

LOYS

Oh ! le parfum prenant et doux de son sillage !
Oh ! la caresse exquise et lente de sa voix !
Quel cher supplice et quel cher bonheur à la fois !

RENAUD

Rêvasser ! soupirer ! Et ne rien entreprendre !
Oh ! ces amoureux-là... Voyons, veux-tu m'entendre ?

Dis-lui tout doucement ta tendresse.

LOYS

C'est fou.

RENAUD

Un jour tes doigts frôlant le luth à ses genoux...

LOYS

Je crois bien qu'à présent c'est toi qui déraisonnes.

RENAUD

Et choisis bien l'instant où les cordes frissonnent
D'amour.

LOYS

   C'est fou !

RENAUD, apercevant le missel sur le banc.

C'est vrai ! Voici le bon moyen.

LOYS

Tu veux dire ?

RENAUD

Voici le livre quotidien

De Dame Berthe. Eh ! bien, écris une prière,
Aveu brûlant d'amour très pur à la très chère ;
Toi qui fais des chansons le soir avant dormir,
Toi, poète du vent, des pleurs et du soupir.

— 25 —

Il ouvre le livre

Sur le revers tout blanc de cette enluminure
Ecris ton cher amour, oraison qui murmure,
Puis qui grandit, tel un chant d'orgue triomphal !
Elle est femme, tu sais.

LOYS

Oh ! ce serait très mal
Sur ce livre sacré !

RENAUD

Tu donnes au poème
La douceur d'un cantique et tu dis : je vous aime,
Comme tu parlerais aux beaux anges du ciel.
Ce sera très flatteur...

LOYS

Oh ! tentateur cruel
Et sacrilège aussi, Renaud, tu me tortures.

RENAUD

Soyez donc bon ami ! Je prête sans usure,
C'est une idée. Eh ! bien, fais ce qu'il t'en plaira.
Il présente le livre à Loys.

LOYS, qui a pris le missel et regarde la page blanche, hésitant.

Tu crois qu'en écrivant ici, elle lira ?

— 26 —

RENAUD, avec assurance.

Elle lira, te dis-je.

LOYS

Et devinera-t-elle ?

RENAUD

Elle devinera, mon cher, elle est trop belle !

LOYS, tristement.

Et je serai chassé.

RENAUD, certain.

Tu resteras l'amant !

LOYS

C'est terrible, c'est fou, mais enfin...

RENAUD, un peu méphistophélique.

C'est tentant !

Loys est allé s'asseoir sur le banc, regarde le livre qu'il a posé sur ses genoux. Puis, après quelques instants, trempant sa plume dans une petite écritoire qu'il a à sa ceinture, il écrit. Renaud redescend au premier plan, jouant avec une branche de lierre qu'il a brisée au long du mur.

SCÈNE V

LES MEMES — BERTRANDE

BERTRANDE

Elle entre vivement, les bras chargés d'étoffes et de dentelles
et chantant.

« Sur l'aubespin fleuri, l'oiselet bat de l'aile » !

RENAUD, se précipitant pour l'aider.

Je suis le chevalier servant de la plus belle
Et je veux vous aider.

Il fait tomber les étoffes.

BERTRANDE

Taisez-vous, maladroit !

Tout en relevant les étoffes.

Je suis fâchée. Eh ! oui, je vous le dis tout droit.
Pourquoi m'avoir fait rire hier à la chapelle
Et punir pour cela d'une façon cruelle,

En grimaçant, croyant qu'on ne vous voyait pas
Comme un jongleur jouer de la tête et des bras,
Quoi ! jusques aux saints lieux faire des mômeries !
Fi donc, le mécréant !

RENAUD, moqueur.

        J'ai l'âme endolorie
De remords déchirants, j'implore mon pardon !

BERTRANDE

Oh ! vous ne l'avez pas mérité.

RENAUD

              C'est selon.
Si vous aviez aussi, tranquille, en votre livre
Lu l'office pieux, si vous aviez pu suivre,
Cils baissés, la prière et murmuré les chants,
Vos yeux distraits, vos yeux moqueurs, vos yeux charmants,
N'auraient pas rencontré les miens et mes grimaces
M'eussent amusé seul.

BERTRANDE

        Mais toutes, de nos places,
Nous vous voyions mimant le bon prédicateur ;
Toutes nous avons ri, moi trop fort, par malheur.
Dame Laure entendit fuser mon rire en trilles
Et voici qu'en sortant, m'attendant à la grille

— 29 —

Du chœur, elle me dit du ton que vous savez,
De la voix musicale et douce de son nez :
« Bertrande, vous aurez trois jours de pénitence ! »
Je me sentais rougir... Oh ! j'étais dans des transes.
« A la fin du repas, me dit-elle, au dessert
Vous vous retirerez. »

RENAUD

En effet, c'est amer.

BERTRANDE

Alors, pendant trois jours, rusé chercheur de noises,
Vous me faites priver de tarte à la framboise.

RENAUD

Je me repens. Voyez, j'implore mon pardon !
Un baiser... ce sera mon absolution...

BERTRANDE, qu'il a voulu saisir.

Ta ! Ta ! Ta ! laissez-moi.
Montrant Loys.
Loys est bien plus sage.

RENAUD

C'est un garçon tranquille, il aime les images...

BERTRANDE, qui considère Loys écrivant, le trouve gentil.

Il en est une un peu...

Elle s'approche doucement pour regarder par-dessus
son épaule sur laquelle elle pose la main.

Eh ! Loys, on peut voir ?

LOYS, brusquement.

Non, j'écris, laissez-moi.

BERTRANDE, à Renaud.

Il est gentil ! Bonsoir !
Elle se sauve.

SCÈNE VI

LOYS — RENAUD, puis le SEIGNEUR

LOYS, se levant.

C'est fini ! tant de fois ces mots fous, en mon cœur,
Je les avais écris que je n'eus.....

RENAUD, lui fait chut !

Le seigneur !

LE SEIGNEUR

Toutes les femmes sont de semblables poupées
Ne rêvant que chiffons, constamment occupées
D'étoffes à choisir, d'écharpes à broder ;
Et quand elles y sont, le diable ne saurait
Avec tout son talent un instant les distraire.
Tout passe après cela, tout.

Apercevant le missel.

Même leurs prières.

Il va prendre le missel et l'ouvre, le feuillette. Loys très effaré, se trouve placé à gauche près du banc. Renaud, à droite, réprime à grand'peine une formidable envie de rire. Le Seigneur tourne quelques feuilles, puis il appelle les pages qui viennent se placer à ses côtés et, leur montrant les miniatures, d'un ton connaisseur :

LE SEIGNEUR

Admirez l'art savant de nos enlumineurs,
Les contours si gracieux des rinceaux et des fleurs ;
Je protège les arts et j'aime les artistes !
Et madame Marie en ce fond d'améthystes
Est un plaisir pour l'œil, un grand bien pour la foi.
Et ce Jésus enfant, couronné comme un roi !

Il fait approcher les pages davantage et lui-même se penche sur le livre.

Voyez ce saint Joseph et son air vénérable,
Le petit vase bleu sur la petite table...

Comme c'est imité !

RENAUD

C'est merveilleux, seigneur !
Surtout le saint Joseph et son air de douceur.
Je m'abuse peut-être et puis le feuillet tremble.
Mais vrai, notre seigneur, je crois qu'il vous ressemble !

LE SEIGNEUR, flatté.

Tu crois, Renaud ?

RENAUD

Je crois, seigneur, que l'imagier,
Peut-être pour vous plaire, a voulu recopier
L'image que l'on voit de vous dans la grand'salle.

LE SEIGNEUR

Tiens ! Tiens !

RENAUD

Votre devise altière qui s'étale
Juste au-dessous. Voyez !

LE SEIGNEUR

Peut-être as-tu raison.
Il ferme le missel et le repose sur le banc.
Il passe un valet portant des flacons, le Seigneur se
précipite :
Attendez, mon ami. Voyez mon échanson,

C'est à lui qu'appartient...

Il disparaît

LOYS

Enfin, vas-tu me dire ?...

RENAUD, pouffant.

Tu tremblais, pauvre ami, mais il ne sait pas lire !

LOYS, riant.

Toi qui cruellement t'amusais à ce jeu !

SCÈNE VII

LOYS — RENAUD — DAME BERTHE

BERTHE, tout en se dirigeant lentement vers le banc.

Et voilà des instants que j'aime encore un peu
Au creuset du passé tombés en cendres fines ;
Varier les orfrois, les velours, les hermines
De mes robes, voilà mes seuls amusements,
Du matin rose au soir qui tombe décevant

Sans rien changer...

> Pendant ces mots, les pages sont remontés jusqu'à
> la balustrade de la terrasse. Loys veut se sauver,
> Renaud le retient doucement.

BERTHE, se retournant vers les pages.

Voyons, Loys,

> A son nom Loys descend et va s'incliner devant la
> Dame. Renaud reste un instant, souriant, au départ
> de l'escalier, puis il descend lentement les marches
> en se retournant vers eux.

La cantilène

Où d'Isolde l'on dit les amours et la peine,
La savez-vous encore ?

LOYS

Oui, madame, toujours.

BERTHE

Chantez-la moi. Prenez la viole d'amour,
Et qu'en le soir qui tombe immense et magnifique
Avec mon cœur très las s'éplore sa musique.

> Elle s'assied sur le banc.

> Loys a pris la viole, il s'assied sur l'X et joue
> quelques accords. Berthe, d'un geste, le fait bien-
> tôt taire.

BERTHE

Et puis non, laissez là ce chant trop douloureux,
L'instant est beau, l'instant est trop religieux.

Dans mon livre sacré lisez-moi des prières.
Que leur encens subtil en volutes légères
A travers le secret du soir magique et bleu
Monte jusqu'au seuil d'or de la maison de Dieu !

Loys prend le missel et l'ouvre très ému.

BERTHE, étonnée.

Vous tremblez, souffrez-vous, Loys ?

LOYS

Mais non, Madame.

BERTHE

Alors, lisez, lisez, que s'endorme mon âme.

LOYS, lisant.

J'offre mon cœur ardent à la Reine du ciel,
Notre Dame Marie, au nom comme du miel,
Si doux, si doux qu'il est la musique des anges
Qui tiennent son manteau d'azur aux lourdes franges,
Et que le murmurer pendant l'éternité
Est leur plus cher bonheur au séjour de clarté. —
Notre Dame Marie au doux nom de tendresse,
Mère consolatrice à toutes les tristesses,
Etoile bienfaisante aux mariniers perdus,
Nous venons demander à votre fils Jésus

— 36 —

« Qui meurent sans pouvoir attirer un regard. »
Quelle est cette prière ? « Aux chemins de hasard
« Il est des cœurs lassés par les désespérances,
« Dont un mot merveilleux calmerait la souffrance ;
« Et j'en sais un si las qu'il se meurt doucement
« De ne pas effleurer seulement les doigts blancs
« Qui tournent si souvent les feuillets de ce livre,
« De jamais n'avoir bu le philtre qui fait vivre
« A ses lèvres, n'avoir appuyé sur ses yeux,
« Les chers yeux qui liront ces mots fous... » — Oh ! mon Dieu !

Elle regarde Loys, très pâle, et comprend.

Serait-il vrai, Loys ?

Elle lui prend la main, Loys tombe à ses genoux,
puis tendre et un peu grave :

Dès le seuil de la vie

Aux premiers pas tremblés sur la route infinie,
Au premier geste osé pour cueillir une fleur,
Comme il serait cruel, le rire trop moqueur,
Le mot qui soufflerait ces bulles de chimères !

Elle passe son bras au cou de Loys et lui murmure
les yeux dans les yeux :

Enfant peureux, bercé d'illusions légères,
A qui je donnerai mon âme s'il la veut
Pour en faire un hochet d'amour miraculeux.

Loys

Ce n'est pas moi, pitié ! Oh ! comme je vous aime !
Berthe lui donne un baiser.

— 39 —

6

SCÈNE VIII

LES MEMES — LE SEIGNEUR

Le Seigneur

Au bas de l'escalier, parlant aux cuisiniers.

Surveillez, surveillez les ragoûts et les crèmes,

Tout en montant les degrés.

Ne brûlez pas les rôts.

Il arrive essoufflé sur la terrasse.

Berthe et Loys ont repris leur attitude du commencement de la scène. Loys a le missel et semble lire.

Le Seigneur à sa femme.

Madame, il serait temps
De vous aller vêtir plus somptueusement.
Vos dames sont déjà dans leurs atours de fête ;

Un coup d'œil à Loys.

Les pages, pas encor, toujours mauvaises têtes !

Voyant le missel.

Ah ! pardon, vous étiez, je crois, en oraison.
Mais c'est un tel honneur aussi pour ma maison

Que recevoir ici le seigneur d'Amblemeuse !
Je rêve pour ce soir de choses fastueuses !

A Loys.

Vous ouvrirez en grand la salle du festin !

> Loys va remettre, en s'inclinant, le missel à Dame
> Berthe.

BERTHE, souriant.

Vous me lirez la fin du chapitre demain !

RIDEAU

UN JOUR DE WATTEAU

Comédie en un acte en vers

PERSONNAGES

Antoine WATTEAU, peintre............................. 36 ans

Jean-Baptiste PATER, peintre.......................... 24 ans

Claire LHEUREUX, comédienne........................ 25 ans

DÉCOR

C'est, dans la maison de Nogent que l'abbé Harauger a fait prêter
à Watteau, un grand salon aménagé en atelier par l'artiste.

Ce salon Louis XIV, assez riche, est ordinairement éclairé par
deux fenêtres à petits carreaux, mais l'une d'elles, à droite, a été
masquée par un large et épais rideau de drap complètement tiré,
celle de gauche donne seule jour à la pièce.

Entre les deux croisées, une glace surmontée d'un panneau peint.

Une grande porte à gauche donne accès du dehors, une petite
porte à droite conduit aux appartements et aux jardins.

Il règne dans cette pièce le désordre et l'encombrement pitto-
resque d'un atelier, des toiles, des dessins sont accrochés aux
murs, au hasard. Les meubles, très beaux, disparaissent sous des
albums, des cartons débordants de croquis ; sur un fauteuil, des
costumes de pierrots et d'arlequins sont jetés. Un autre fauteuil
sert de porte-cartons qui s'entr'ouvrent et laissent des feuillets d'es-
quisses tomber à terre.

Tout-à-fait à droite, la table à modèle, surmontée d'une sorte
d'épine pour draper les fonds et d'une console ou gaine pour poser
les accessoires.

Le chevalet de Watteau portant l'esquisse d'une réunion dans un
parc est placé presque au milieu du théâtre, celui de Pater plus à
l'avant-scène et vers la droite.

UN JOUR DE WATTEAU

Comédie en un acte en vers

SCÈNE PREMIÈRE

WATTEAU — PATER

Watteau

*Il entre vivement, fiévreux, il est déjà grisonnant et
amaigri par la phtisie.*

Mon cher Pater, la belle et sereine journée !
Je traversais le parc tout à l'heure à l'orée
Des taillis, le soleil est d'un splendide effet ;
    En peintre,
Cuivre et or sur le bois brumeux et violet.

Pater, *qui s'est levé souriant.*

Octobre a de ces jours surprenants qui ressemblent
A ceux des beaux étés et des printemps ensemble.

Watteau

C'est à tromper le cœur tout autant que les yeux.
Notre cœur n'a t-il pas aussi ses jours joyeux
Où tout semble sourire au secret paysage
De nos beaux songes... Mais voyons ton ouvrage !

Pater, avec un geste désolé.

Ah ! Maître, je ne sais.....

Watteau

Qui s'est assis devant le chevalet, examinant l'esquisse de Pater.

Eh ! si, cela va bien.
Mais dessine surtout, penses et te souviens
Que l'œuvre la plus haute éclôt de nos pensées,
Plus que des yeux subtils et des mains exercées !
Quant au prisme magique et cher de la couleur,
Ombre ou soleil, tristesse, espérance ou bonheur,
C'est le reflet et c'est un instant de notre âme.....
Très bien, le fond, et puis l'écharpe de la femme
Est molle sous le vent léger comme il convient.
Mais le bras, mon ami, s'accroche mal, là !... tiens !...

Pater

Ah ! que c'est difficile ! Aussi, je désespère.

Watteau, qui s'est levé, grave, puis s'exaltant.

Pas encor, mon enfant, l'âpreté du calvaire
Ne doit pas t'apparaître aussitôt... je suis fou,
Bien au contraire espère, aime, regarde tout :
La Vie autour de toi et ses mille visages,
La splendeur des cités, des mers, des paysages,
Les nuages en caravanes dans les cieux,
La douceur de la chair et l'énigme des yeux,

La grâce des enfants et le sourire d'Eve : .
Regarde tout cela au travers de ton rêve.
Travaille, espère, sème !...

PATER

          Ah ! merci ! Quel bonheur
De vous voir si vibrant, Maître ! Le cher labeur
Depuis longtemps faisait pâlir votre visage...
Oui, vous travaillez trop, vous n'êtes pas très sage...

WATTEAU. Il s'assied, pensif.

Il est vrai que l'Eté me fût par trop mauvais,
Comme aux mois les plus durs de l'Hiver je toussais,
Je tousse encor... mais moins... et je sens que décline
Ce feu qui s'allumait au fond de ma poitrine...

PATER

Vous traitez votre mal, hélas ! par le dédain.

WATTEAU, riant.

Je n'ai pas pu me faire au nez du médecin ...

PATER, navré.

Voilà !... Pendant ce temps le combat de l'artiste
Chaque jour vous laissait plus déprimé, plus triste
Et j'étais tout peiné. Je respire aujourd'hui.

WATTEAU

Tu es bon, mon ami. Aujourd'hui s'est enfui

— 47 —

L'oiseau noir, a glissé ma chape de tristesse.
Ah ! je ne croyais plus à ces jours de liesse
Qui nous font oublier et l'âge et la saison,
Et délicieusement sombrer notre raison.
Mais, de même qu'octobre a des soleils splendides
Avant l'hiver givré, le front avant les rides
Peut s'éclairer encore et le cœur presque mort
Battre à faire éclater l'enveloppe du corps !

PATER, étonné.

Quel éclat dans vos yeux, cher Maître, et quelle fièvre !...

WATTEAU

Depuis des jours, des jours, de mon âme à mes lèvres
Montent des mots secrets pour moi seul prononcés,
Mon enfant, tu sais bien les sombres jours passés,
Le cortège d'ennuis sur la route suivie,
Et voici l'éclaircie aujourd'hui sur ma vie,
Ce prodige au chemin déjà froid de mes jours
De voir germer la fleur tremblante de l'Amour !...

PATER, souriant.

Et pourquoi non ?

WATTEAU

Mais si, mon cher, cela t'étonne,
Sa venue au détour de mes ans monotones ;
Cela est, et voici que j'adore une enfant
Qui n'est que grâce et dont la jeunesse est un chant,

Oui, je vois l'œuvre à faire.

PATER, très sincère.

Le chef-d'œuvre plutôt !

WATTEAU, sévère.

Il ne faut jamais rire, ami, avec ce mot !...

PATER, très jeune et enthousiaste.

L'Amour n'est-il pas le secret des grandes choses ?
Tout ne fleurit-il pas où son pied nu se pose ?
Une autre œuvre naît-elle avec plus de bonheur
Que celle mise au monde enfin avec son cœur ?
Pour certains quelquefois sa venue est bénie,
C'est le frère plus jeune et plus doux du Génie...
Peut-être l'avez-vous dédaigné quelquefois...

WATTEAU

C'est vrai, j'eus souvent peur de ses mortels émois,
J'aurais pu m'en aller aussi vers l'île heureuse,
Mais je laissais partir la barque aventureuse
Sans descendre vers elle et son divin nocher,
Je regardais les doux pélerins s'éloigner,
Leur chanson m'arrivait, mandores et guitares...
Leur éclat m'amusait, dentelles, satins rares ;
Désirant leur plaisir tout en le dédaignant,
Je peignais mes amours, mon cher, tout simplement !

— 51 —

PATER, grave.

Devant le souvenir de leur ronde immortelle,
Cydalise, Arlequin, Gille auprès d'Isabelle,
Alors je ne sais plus s'il faut vous souhaiter
Et si ce n'est pas vain, le grand bonheur d'aimer !...

WATTEAU, nerveux.

Qui sait, Pater...

Il va vers la fenêtre

Pourtant, il est l'heure, il me semble.
Elle devait... Mon Dieu, oui, voilà que je tremble
Qu'elle ne vienne pas... Oh ! si, elle viendra...
Comme elle tarde !...

Revenant vers Pater et plus bas.

Ami, lorsqu'elle arrivera,
Ne va pas te sauver... voilà pourquoi j'insiste.
Aujourd'hui, si tu veux, sur ton travail persiste,
Car tout seul j'ai trop peur d'un ridicule émoi.
Je sens que je serai peut-être maladroit.
Watteau, murmure-t-on, c'est un témoin rigide
Et dédaigneux, mais non, c'est un pauvre timide...
Vrai ! j'ignorais encor ce délice affolant
De trembler devant le souvenir d'une enfant,
Et ce mal qui renaît aussitôt qu'il s'apaise,
Ce mal d'attendre ainsi.....

Il va vers la fenêtre comme pour rafraîchir son front
à la vitre.

Seigneur Dieu ! une chaise.

Approche, la voici tout auprès de l'hôtel.
Oui, ce sont ses laquais, argent et bleu de ciel.
Dieu ! la voilà... sa robe, une pure merveille !
Ah ! dans un geste, un rien, sa grâce non pareille !
Elle entre, la voilà !...

> Il va ouvrir la porte. Claire entre; Pater fait un mouvement d'extrême surprise, puis se retourne vers son chevalet, feignant un travail absorbant.

SCÈNE II

WATTEAU — PATER — CLAIRE

CLAIRE, très élégante, enjouée, exquise.

Mon cher Maître, bonjour !
Suis-je exacte pourtant ?

WATTEAU, extrêmement ému.

Oui, c'est l'heure et le jour
Et c'est un jour béni et cette heure qui sonne
Mêle un parfum de mai à l'odeur de l'automne :

   Puis sur un ton de compliment mondain.
C'est un enchantement, ce voilage léger
Modérant ces satins !

CLAIRE

     Cela va se porter
Beaucoup ! c'est tout nouveau... Dieu ! que de belles choses !

  WATTEAU, *aide Claire à se défaire de son manteau.*
Oh ! je sais la plus belle à présent !

CLAIRE, vive et rieuse.

       Quelle pose
Allons-nous donc choisir pour ce fameux portrait
Que je veux ressemblant et fidèle à souhait ?
Dois-je donc devant vous composer le visage
D'un rôle préféré, celui qui m'avantage...
Lequel ? Quant au costume, il sera toujours temps,
Vous prendrez un modèle alors tout simplement ;
Lisette, ma soubrette, a tout juste ma taille,
Avec mes falbalas, avec mes pretintailles,
Elle vous conviendra, Watteau, qu'en pensez-vous ?
Dois-je être à votre gré Hermione en courroux
Ou la douce Monime, Esther chaste et royale ?

WATTEAU

Je fais un rêve avec une ardeur sans égale,

— 54 —

C'est de vous peindre, Vous, Madame, seulement,
Sans costume de scène et sans vains ornements,
Mais si charmante ainsi et telle que vous êtes
A la Ville premier grand rôle de coquette,
Non plus la tragédienne au mensonge pompeux,
Mais la femme, voilà le plus cher de mes vœux.

CLAIRE

Cette simplicité, vraiment, vous m'étonnez.
Ma robe n'est pas digne enfin...

WATTEAU

      Mais si, laissez,
Laissez-moi faire.

CLAIRE

     Ah ! vrai, c'est une idée étrange
Et peut-être pour vous surtout... cela vous change.

WATTEAU

Vous croyez... non, les gens me reprochent parfois
Trop de manière à mes personnages, je crois.
Mais qu'on regarde un peu leur geste et leur allure,
Que l'on entre un peu plus avant dans ma peinture
Et l'on s'apercevra sous les satins changeants
Et les velours brodés, qu'ils ont des cœurs vivants,
Que sous leurs clairs habits de la farce italienne
Ils jouent en vérité la grande farce humaine !

— 55 —   8

Mais pour vous je ne veux ni masque ni manteau.
Ce que je veux alors, c'est tellement plus beau ;
Je veux une minute enfin de votre vie,
Fixée à tout jamais palpitante et ravie.

CLAIRE

Vous savez mieux que moi, Maître, ce qu'il convient.
Aussi je m'abandonne entière entre vos mains,
Et ce sera toujours une toile admirable
Où vivra pour jamais ma beauté périssable !...

WATTEAU, réfléchissant en regardant en peintre Claire assise.

Oui, c'est cela, les bras tout charmants d'abandon,
Votre robe vieux rose et blanche à l'unisson
De quelques fleurs que je placerai dans ce vase,
Près de l'envol léger des tulles et des gazes...
Oui, des fleurs... Oui, des fleurs pâles sur le velours
Et l'enveloppement de la fin d'un beau jour...
C'est cela... Oui, je vois, pour juger tout de suite
Je vais descendre au parc y moissonner bien vite
Ce qu'il doit subsister de mes roses en fleur
Et j'aurai mieux ainsi l'ensemble et la couleur.

CLAIRE, joyeusement.

C'est cela !

WATTEAU

Voulez-vous m'accompagner, Madame ?
C'est à deux pas, le parc déjà tisse la trame

De ses branches en noir sur le feuillage en or
Et c'est, je vous assure, un émouvant décor,
Cette agonie autour d'un jet d'eau monotone
Du jardin qu'a touché le baiser de l'automne.
Je serai très heureux de vous en faire honneur...

CLAIRE

Vraiment, mon cher Watteau, ce serait un bonheur.
Vous me pardonnerez, mais je suis lasse, lasse.
Laissez-moi reposer un peu, c'est une grâce ;
Depuis huit jours, c'est fou, j'ai joué tous les soirs !
Arrête-toi, m'a dit ce matin mon miroir,
Comme si c'était là une facile affaire.
On répète ce soir, de Monsieur de Voltaire,
Artémise qui doit passer prochainement.
Ainsi, voyez...

WATTEAU

Restez, Madame, je comprends.

Il prend des cahiers sur un meuble et les lui donne.

Prenez donc ces albums aux grotesques images,
Ou celui-là, si vous aimez les paysages,
Vous avez bien raison, il faut vous ménager.
Je cours et je reviens à l'instant.

— 57 —

SCENE III

PATER — CLAIRE

CLAIRE

le regarde sortir, puis courant espiègle et câline vers Pater.

Un baiser !

PATER, qui s'est levé affolé.

C'était vous ! c'était vous ! c'est fou ! quelle imprudence !

CLAIRE, mutine.

Eh ! oui, j'effleure un peu pour vous l'extravagance,
Depuis des jours trop longs je ne pouvais vous voir
Puisqu'à la Comédie on me prend chaque soir,
Enfin...

PATER, toujours profondément troublé.

C'était donc vous !... Est-ce possible... Claire ?

CLAIRE, un peu moqueuse.

Mais oui, c'est moi, moi, cher Fiancé trop sévère,
C'est moi, vous avez l'air d'en douter quelque peu
Et vous semblez tomber tout à coup du ciel bleu !

Oui, Watteau sans répit vous tient sur vos études,
Profitez-en, le Maître inspire inquiétude...
Mais sa sévérité exagère vraiment,
Il ignore, il est vrai, notre projet charmant
Et qu'il vous donne enfin l'attitude indécise
D'un promis qui ne peut rencontrer sa promise...
Alors je l'ai prié de peindre mon portrait !
Cela lui plut, son air toujours lointain, distrait
Disparut, il daigna même un instant sourire.
Nous commençons, fit-il... Je pourrai vous écrire...
Il reçut hier ce mot que Zareb apporta,
Je me suis faite belle alors et me voilà.
Oh ! je ferai durer très longtemps les séances,
Enfin cela me fait un prétexte, je pense,
Pour avoir un chef-d'œuvre et surtout pour avoir
Le bonheur qui devient trop rare de vous voir...

PATER

Ce Désir merveilleux que je n'osais poursuivre
De vous voir plus souvent, de vous parler, de vivre
Enfin quelques instants loin du cercle obsédant
Que forme autour de vous ce chœur de soupirants,
Loin du théâtre et de la scène et son mensonge
Se réalise et c'est la peur d'un trop beau songe
Qui m'étreint devant vous !...

CLAIRE

Vous n'êtes pas heureux ?

PATER, subitement assombri.

Trop heureux, tout bonheur blesse des cœurs sans nombre
Et comme un peu d'effroi me jette un manteau d'ombre
Parce que votre éclat trop fort, votre beauté,
Sont venus jusqu'à moi par ce soir enchanté !

CLAIRE, surprise.

Mais qu'avez-vous, mon Jean, que voulez-vous donc dire ?...

PATER

Pardonnez... Pardonnez. Ah ! c'est le cher délire
Et je crois que chancelle et s'enfuit ma raison
Puisque vous êtes là et que nous nous aimons...

CLAIRE

Oui, depuis qu'à sonné la minute bénie,
Ce fameux soir où l'on reprit *Iphigénie*,
Où vous êtes monté dans ma loge en tremblant,
Puis ayant laissé fuir le flot des élégants,
Tout pâle vous avez murmuré votre hommage ;
Dieu ! que je m'amusais et pourtant d'un air sage
J'écoutais, j'écoutais cette voix qui disait
Des mots jeunes et fous que mon âme buvait,
Des mots comme ceux des enfants, sans artifice,
Et je compris alors tout à coup, moi, l'actrice
Qui doit feindre toujours l'Amour et sa passion,
Que je n'avais jamais su de lui que le nom...

Et que rien, rien ne vaut tout au long de la vie
Une âme à qui la vôtre à jamais se confie...

PATER

Depuis ce jour ma vie est un conte irréel,
En moi-même il y a toujours un peu de ciel,
Vous avez exalté ma jeunesse enivrée,
  Rendu mon front plus fier du grand vol des pensées.
Votre amour, c'est un vin miraculeux, puissant
Et quelquefois je crois que j'aurai du talent !

CLAIRE

Vous en avez déjà.

PATER

              Le Maître m'encourage
Et la fierté parfois éclaire son visage,
Mais la route est si longue et le sommet si loin
Et puis il est si bon, Watteau...

CLAIRE

              Vous l'aimez bien ?

PATER

Je l'aime, il a besoin d'être aimé, il est triste,
Et puis c'est un si rare et courageux artiste !
Pensez que prodiguant ses conseils chaque jour,
Malgré son teint pâli et malgré son front lourd,
Et sa fièvre qui croît et le mal qui le mine,
Quand peut-être déjà vers lui la Mort chemine,

— 63 —

Il me conduit toujours plus loin vers la beauté,
Ah ! c'est un être exquis et cher, en vérité,
Cachant sous sa rudesse et sa froideur extrême
Une immense bonté, voilà pourquoi je l'aime...

CLAIRE

Oui, vous avez raison.

PATER

Il a beaucoup souffert...

CLAIRE

Peut-être... mais enfin il vend bien et très cher.

PATER

Oh ! ce n'est pas cela !

CLAIRE

J'ignore si des femmes
L'ont torturé parfois... je ne crois pas...

PATER

Son âme
Si cachée un instant pour moi se découvrit
Et c'est cela qui fait ma tristesse aujourd'hui.

CLAIRE, un peu fâchée et s'exaltant.

Sans doute il vous a fait un long cours de morale,
Il est si misanthrope et d'humeur inégale
Et je crois deviner le ton de la leçon.
Avait-il soupçonné vos projets d'union,

Vous reprocherait-il au sein de nos tendresses
De goûter le baiser trop mol de la paresse ?
Craindrait-il que, content seulement d'admirer,
Vous n'ayez plus au cœur le désir d'exprimer
Les roses de la chair ou les carmins des lèvres ;
Dans la fête galante, amollisante et mièvre,
Vous voit-il donc prenant le rôle de l'acteur
Pour délaisser celui plus noble de conteur ?
Voilà tout ce qu'a dit Watteau, homme un peu fruste...
Vous ne répondez pas. Ah ! j'ai deviné juste,
Vous êtes un enfant tremblant devant l'amour,
Vous m'aimez bien, je sais, mais vous avez toujours
Celle folle terreur qu'on sache à Valenciennes,
Que Jean veut épouser, ciel ! une comédienne.
Je me moque... je suis taquine... tout petit...
Ne boudez pas... les vilains yeux !... venez ici...
Me dire un peu, tout bas, que vous m'aimez quand même,
Venez là doucement.

PATER

          Eh ! bien oui, je vous aime,
D'un amour qui fait mal à force de douceur
Et c'est en moi l'étrange et divine terreur
De sentir que ma vie à jamais n'est plus mienne,
Que je suis le chemin où votre amour me mène
Et quand je m'interroge en de rares instants,
Je vois bien que pour vous, je serais très méchant
Et très cruel, et que vous m'êtes nécessaire
Comme le pain du jour et comme la lumière

Et qu'un grand froid m'étreint comme au suprême soir
Si je viens à songer à ne plus vous avoir.

CLAIRE

Ne crains rien. Aimons-nous, les heures sont légères,
Retenons dans nos mains leurs roses éphémères,
Tout instant est perdu qui n'est pas à l'amour
Parmi les jours d'argent et les nuits de velours,
Sans le baiser la Vie est une chose vaine,
Tu le sais, bien-aimé, je t'adore et suis tienne !

> Ils sont à l'avant-scène, les mains enlacées : Claire
> a mis aux derniers vers sa tête sur l'épaule de
> Pater.

SCÈNE IV

PATER — CLAIRE — WATTEAU

> Watteau entre vivement par la porte du fond, les
> bras chargés de roses, il aperçoit les amants, il
> veut s'élancer, mais vaincu par sa douleur passion-
> née et par une souffrance aussi physique, il a un
> grand geste de renoncement.

Dieu !... tous les deux... Pater... chez moi... les malheureux !
Je comprends ce portrait... et moi, pauvre amoureux,

Pauvre amoureux tremblant et fièvreux au teint blême !
Lorsque l'on va mourir bientôt, est-ce qu'on aime ?
Est-ce qu'on est aimé ?... L'ivresse de ce jour
Et ce triste épilogue à mon roman si court !
Il faut faire avec ma souffrance non pareille
Un portrait qui demeure une pure merveille
Et qui soit un aveu d'amour combien plus beau
Que tous ceux qu'on murmure avec de pâles mots !
Ah ! mon triste bonheur !...

> Il fait un peu de bruit derrière les chevalets, laissant
> croire qu'il vient d'entrer. Claire reprend vive-
> ment ses albums et Pater retourne à son chevalet,
> tout effaré.

CLAIRE, qui s'efforce de paraître naturelle.

Mon Dieu ! les belles roses !

WATTEAU d'une voix tremblante, mais qui s'affermit peu à peu.

Tout au fond du vieux parc, près des grands ifs moroses,
Elles sont là, buisson touffu, flot parfumé,
Comme un présent tardif de l'Eté bien aimé.

CLAIRE

Oh ! celle-ci surtout à la pourpre assombrie,
Cette autre blanche où l'ambre à peine se marie !

WATTEAU, d'une voix lointaine, comme rêvant.

Je voulais en cueillir une plus belle encor,
Une fleur safranée au calice vieil or.

Elle semblait vraiment une chose immortelle
Et tout le bel été se présumait en elle,
Elle était la princesse altière du jardin,
Je la pris, me piquant et maintes fois la main,
Mais la rose trop lasse et trop épanouie,
De l'ardeur des midis à jamais assouvie,
A mes pieds s'écroula en doux flocons dorés
Que le vent emporta fluides et légers...
Une rose qui va mourir est magnifique.
On devrait respecter ainsi qu'une relique
Cette chose qui meurt après avoir été
Pendant quelques matins, parfum, couleur, clarté !
On devrait admirer l'âme comme en prière
Sa beauté de l'instant.

Claire

Sa beauté passagère...

Watteau

Eternelle pourtant comme toute beauté,
Car rien de beau ne meurt, Madame, en vérité,
Un geste rare, un mot qui chante, un envol d'aile
Sont les reflets certains de notre âme immortelle,
Et votre grâce et votre sourire et surtout
La flamme qui demeure en vos yeux fiers et doux,
Votre élégance aussi que l'on juge futile,
J'en suis sûr, ne sont pas des choses inutiles.

CLAIRE

Que de philosophie !

WATTEAU

Oui, vous avez raison,

Je bavarde et le soir vient tôt en la saison
Et cette toile est blanche et m'attend et m'invite ;
Nous allons commencer, Madame, tout de suite,
Le temps de disposer un peu ces chères fleurs.
Voulez-vous prendre place ici...

Il prend les fleurs et les dispose dans un vase.

CLAIRE, qui se dirige vers le fauteuil.

Avec bonheur.

WATTEAU

taillant un crayon qu'il a pris sur la planchette du chevalet.

Je vais faire un dessin d'abord, une sanguine.

CLAIRE, complimenteuse.

De Caylus en a trois de vous, qui sont divines,
Et d'un dessin si souple, et pourtant si nerveux !
Peut-être n'avez-vous, Watteau, jamais fait mieux.

WATTEAU

qui joue toute cette dernière scène dans une sorte de fièvre inspirée.

Je ne sais... nul n'atteint son idéal sur terre
Et pas plus en amour qu'en art, mais il faut faire

Comme si l'on allait le posséder enfin
Et souffrir en rêvant la beauté de demain ;
Baisers qu'on n'a pas eus, œuvres jamais écloses,
De vous pourront germer quelque jour d'autres roses,
Travaillons...

Il reste une seconde pensif, puis passe lentement
la main sur son front.

CLAIRE

Vous souffrez ?

WATTEAU, s'approchant d'elle et presque à voix basse.

Non, ne regrettez rien,
Aimez et moissonnez les bonheurs du chemin,
J'ai de vous une part, peut-être la meilleure,
Puisqu'à jamais par moi vous vivrez tout à l'heure.

PATER, qui a tout compris, s'est levé balbutiant.

Mon Maître bien-aimé !

WATTEAU

Travaille, mon enfant.

Puis très naturellement à Claire.

Laissez tomber l'écharpe un peu plus mollement.

— 70 —

CLAIRE

Comme cela ?...

WATTEAU

Ainsi la ligne est plus légère.

CLAIRE

Peut-être est-il bien tard commencer ?

WATTEAU

Au contraire !
Je n'ai jamais senti passer comme ce soir
Sur mon cœur, le vol blanc des beaux oiseaux d'espoir !

A Claire qui a fait un mouvement insensible vers Pater.

Je vais vous demander de rester un peu sage.

CLAIRE

Ne le suis-je donc pas ?

WATTEAU

Si, toujours.

Il va vers son chevalet.

A l'ouvrage !

RIDEAU

LA PLUS CHÈRE BEAUTÉ

A-Propos en un acte en vers

En l'honneur de JOACHIM DU BELLAY

PERSONNAGES

JOACHIM DU BELLAY............................ 26 ans
LÉONARD BOZZOLI, officier de la maison italienne du
  cardinal du Bellay................................ 50 ans
LA MUSE.

———

Dans la campagne romaine, au printemps de l'année 1551

Une sorte de plateau élevé d'où l'on est censé apercevoir le panorama de la ville de Rome ; à gauche, un cèdre gigantesque dont les rameaux s'employant forment comme un cadre au fond lumineux et imprécis. Fin d'une belle journée.

LA PLUS CHÈRE BEAUTÉ

A-Propos en un acte en vers

SCÈNE PREMIÈRE

Léonard et du Bellay
entrent doucement comme des promeneurs.

Léonard, s'arrêtant et montrant l'horizon.

Oui, Messire, c'est là qu'on découvre la Ville,
Au delà des jardins et des terres fertiles,
Au delà du tapis sombre des bois épais ;
Elle étale l'orgueil divin de ses palais
Et descend noblement, de terrasse en terrasse,
Jusqu'au Tibre, ruban argenté dans l'espace :
Voyez là !

Du Bellay, contemplant le paysage et pensif.

Ta splendeur est unique au couchant,
Rome, cité de marbre et de bronze et de sang ;

Le soleil, comme un roi déposé qui s'incline,
Remet son diadème au front de tes collines,
Mais ta grandeur me pèse et m'effare pourtant.
Et je suis devant toi comme un petit enfant...

LÉONARD

Pourquoi... Voyez-la donc flamber dans une gloire...
De ce lieu on peut lire en entier son histoire,
Sa beauté que le chœur des lyres exalta,
Tout ce que son génie éternel enfanta
Comme en un livre dont le Forum est le titre,
Et chaque temple et chaque palais un chapitre.
Je l'aime comme un fils de toute ma ferveur,
J'y suis né ; je voudrais dans la paix du Seigneur
M'endormir sur sa terre adorable et fleurie...
Je ne vous comprends pas...

Du Bellay, simplement.

Ce n'est pas ma patrie...

Un silence... Léonard fait oui de la tête.

Du Bellay, poursuivant.

Et malgré son passé sublime et sa beauté
Je préfère pourtant tout ce que j'ai quitté.

Je m'accomode mal des coutumes romaines,
De cette pompe et de ces parades si vaines,
De tous ces courtisans aux visages masqués,
Ces prélats batailleurs, ces soldats enfroqués,
Et de tout cet envers hallucinant de Rome.
Malgré le Cardinal, un très bon maître en somme,
Et d'aimables seigneurs, ainsi que vous, je sais
Qu'enfermé entre ces hauts murs je me déplais
Et qu'à toute heure et qu'à tout instant je soupire
Vers un départ, hélas ! si lointain...

Léonard

Oui, Messire,
Monseigneur aura fort longtemps besoin de vous.

Du Bellay

D'y songer seulement, parfois je deviens fou...

Léonard

Sa fortune et ses biens multiples sont immenses.
Il lui faut quelqu'un là pour veiller aux dépenses,
Conduire les travaux, payer les serviteurs ;
Moi seul ai tant à faire à la garde d'honneur !
Enfin vous, son parent, avez sa confiance
Pour régler les fermiers, toucher la redevance.

— 77 —

Pendant tout son séjour il voudra vous avoir
Au Palais près de lui...

Du Bellay

                  A mon grand désespoir,
Dès le matin penché sur la table des scribes,
A ce métier mon cœur se dessèche, par bribes.
Mes doux pensers s'en vont vers un temps moins amer
Et ma rime est souvent rétive au bout du vers.

Léonard

C'est de là, n'est-ce pas, que vient votre tristesse ?

Du Bellay

Oui, c'est de là... et puis, je regrette sans cesse
Tout ce que j'ai quitté... je regrette Paris
Et le cercle vivant, jeune, de mes amis
Qui mènent, le plus cher, de Ronsard, à leur tête,
Le combat pacifique et fleuri des poètes.
Je regrette la France, où je respire mieux
Le parfum de la vie et la bonté des dieux.
. . . .
Et même, certains soirs, mon désir étonné,
Va vers l'humble hameau d'Anjou, où je suis né ;
Vers le village, au bord de la Loire pensive,

— 78 —

Aux toits en capuchons moussus d'ardoise grise.
Et cela met en moi une étrange douceur,
Comme une main de femme aimante sur mon cœur.
Alors dans ces instants, parfois, je me demande
Si j'eusse dû quitter mes genêts et ma lande ;
Et si ce n'était pas la maison du bonheur
Mon logis familial, dérobé sous les fleurs,
Et, regardant alors la route poursuivie,
Si je ne devrais pas y rentrer pour la vie.

LÉONARD

Vous voilà bien, toujours, vous autres, les Français,
Gais, montrant belle humeur, joyeux ; puis tôt après,
Comme si quelque dieu aux puissances traîtresses
Vous enveloppait de maléfiques tristesses.
Un mal secret vous prend qui tourne tous vos vœux
Vers la terre là-bas au delà des monts bleus.
C'est donc un beau pays, la France ?

Du BELLAY

                    C'est le nôtre...
...Et puis c'est le plus beau, c'est vrai... !

LÉONARD

                    Souvent un autre
Français m'entretenait de semblables discours.
Comme vous il aimait errer aux alentours,

Ici même il y a bien tantôt dix années,
Je m'en souviens encor... tête dure, obstinée...
Ah ! c'était une étrange et charmant compagnon,
Miel ou fiel, tour à tour, railleur, rieur, grognon.
Il tenait des propos de suprême sagesse,
Tout en vidant les pots ou courant la drôlesse.
C'était un médecin du Cardinal...

DU BELLAY

            Ah ! mais
Comment se nommait ce médecin ?

LÉONARD

          Rabelais.

DU BELLAY

Oui... c'est lui... Esprit clair, âme prédestinée,
Sous le ciel de chez nous s'éveilla sa pensée.
Son œuvre énorme est comme un effarant miroir
Où le vice et où la laideur peuvent se voir ;
Le siècle s'y décalque en images féroces,
Panaches ou camails, couronnes d'or ou crosses,
Mais il reflète aussi la grâce de la fleur
Et du ciel.

LÉONARD

  On l'aimait tout en en ayant peur !...

...Avec vous malgré moi, Messire, je m'attarde.
Le jour tombe et je suis toujours là, qui bavarde...
Au Palais il me faut avoir l'œil plus que vous,
La valetaille compte en ses rangs des filous,
Je dois donc surveiller sans cesse, c'est mon rôle.
Il me faut vous quitter...

      Il va saluer Du Bellay, puis aimablement :

                Gardez à votre épaule
Votre manteau, le soir apporte sa fraîcheur.

      Du Bellay, *montrant le paysage.*

Merci... Je reste un peu... l'adorable couleur
M'enchante et malgré moi vers mon âme chemine
L'enivrante splendeur de la beauté latine
Et peut-être qu'ici, mon lourd chagrin bercé,
Je trouverai la paix et l'oubli du passé
En croyant voir glisser dans ce décor d'idylle
L'ombre claire et le front lauré du doux Virgile.

      Léonard, *prenant congé.*

Dieu vous garde, Messire...

      Du Bellay

          Aussi vous-même. Adieu !
Merci d'avoir guidé mes pas jusqu'à ce lieu.

     Léonard sort.

SCÈNE II

Du Bellay, seul.

Il reste quelques instants pensif.

Quelle angoisse m'étreint ce soir ou quel présage
Me dérobe toute beauté, comme un nuage
Dérobe la gaîté du jour et sa couleur ?
Mon front brûle ma main... pourquoi donc ai-je peur...
Quel tocsin retentit, quel glas sonne en moi-même
M'empêchant de goûter cette splendeur suprême
Et quel vol ténébreux et soudain d'oiseaux noirs
Semble étendre son ombre à mes plus beaux espoirs ?
Personne à qui conter ma détresse et ma peine !
Comme je voudrais là quelqu'un qui la comprenne,
Un bon ami loyal... las ! tous sont loin, si loin...
Au delà du mur lisse et dur de l'Apennin
Ils sont restés là-bas dans la si douce France ;
Me voici seul, avec ma peine et le silence
Qui me trouble ce soir et grandis mon émoi.
... Personne... je suis seul...

La Muse

Elle est entrée au vers : « Personne à qui conter »,
silencieuse, elle se tient en arrière de Du Bellay
et avec un grave sourire :

Je suis toujours là, moi.

DU BELLAY, se tournant, surpris.

Qui me parle ?... Qui donc m'appelle ?... cette femme ?
Et quelle est cette voix qui va jusqu'à mon âme.
Est-ce toi ? d'où viens-tu ? Que te fait mon souci ?
Par où t'approchas-tu ?

LA MUSE, tranquillement, souriante.

Je fus toujours ici.
Tu ne me voyais pas... J'étais pourtant présente...

DU BELLAY

Est-ce le soir magique et tendre qui l'enfante,
Quel trouble m'envahit à cette vision,
Quelle ombre m'apparaît ? Va... retire-toi...

LA MUSE, doucement.

Non...

DU BELLAY

Est-ce en rêve que j'ai rencontré ton image ?
Quel reflet de mon songe éclaire ton visage,
Ton front, ta bouche en fleur, tes cheveux, tes bras purs
Et tes yeux où se mire un si lointain azur...
Mon cœur tremble sous un vent de folle espérance,
Tu me fais souvenir des filles de la France
Et de celles surtout, quand j'étais tout enfant,
Qui m'ont tenu faible et petit sur leur sein blanc,

Dont l'image en moi-même à jamais s'illumine,
Comme d'une clarté de douceur angevine.

La Muse

Peut-être... Du Bellay. Je viens du cher pays,
Du coin de terre où tu es né, que tu chéris,
Ce qui fait que je suis. Oui, ce qui m'a fait naître,
C'est son ciel, sa beauté, sa grâce aussi peut-être,
Toute la poésie éparse dans ses champs ;
Le friselis de l'herbe et la chanson des vents.
Je viens de tout cela, de tout ce que tu aimes.
Ce que tu reconnais dans mes yeux, c'est toi-même

Du Bellay

Que dis-tu ?

La Muse

Tout enfant, n'est-ce pas, tu sentais
La majesté quasi divine des forêts,
De la Loire onduleuse et bleue entre les grèves,
De tout le paysage où grandissaient tes rêves...
Le chant des mariniers sur le fleuve le soir
Avait, n'est-il pas vrai, le don de t'émouvoir,
Comme l'horizon mol des chaumes et des vignes
Et la ceinture des coteaux aux nobles lignes...
Ton cœur se gonflait-il d'un espoir insensé
Lorsque, l'hiver de givre et de glace passé,

Les vergers de Liré s'éveillaient blancs et roses ?...
C'est moi qui t'enseignais la beauté de ces choses.
Plus tard quand tu voulus exprimer tes émois,
A ces rythmes divers mêler ta jeune voix,
C'est moi qui murmurais les subtiles paroles...
Tes rondels, tes sonnets, tes doux vers qui s'envolent,
A ton oreille, dans le vent, je les chantais,
Comme un enfant soumis, toi, tu les répétais...
Oui, je suis la compagne aimante et toujours prête
Que Dieu met au berceau fragile du poète
Et qui le suit jusqu'à son heure de mourir ;
Dont le rôle est de le garder, de le chérir
D'un amour qui jamais ne faiblit et ne s'use ;
Je suis cette envoyée, enfin... je suis la Muse !

DU BELLAY

Oh ! sœur de mon esprit, de mon cœur, de ma chair,
Tu viens donc dans l'envol léger des voiles clairs,
Dans le mystère aussi de la nuit commençante,
Tu viens donc consoler mon âme chancelante.
Oui, je te reconnais, tu ressembles si bien
Au songe que je porte en moi, qui me soutient,
A l'image impossible, à l'amante de rêve
Que tous nous poursuivons sans répit et sans trêve,
Que nous cherchons au long des chemins du printemps
Dès le seuil lumineux et fleuri des seize ans.
Ah ! oui, Muse, c'est vrai, j'ai senti ta présence,
Mais aussi les jours noirs et, las de ton silence,

En vain je t'appelais, tu ne répondais pas.
Où j'espérais te voir, j'allais porter mes pas,
Mais les prés, les grands bois, les eaux, la bonne terre,
Tout ce qui est ta voix solennelle ou légère,
Tout se taisait. Où donc, enfant, te cachais-tu ?
Mon clair appel restait sans force et sans vertu.

La Muse, grave.

Peut-être... J'obéis à des raisons obscures,
Je viens parfois quand l'âme en la douleur s'épure
Ou bien lorsque la joie éclate dans les yeux,
Selon la volonté insondable des dieux.
Mais ce soir puisque tu es seul et que tu pleures,
Sous le double secret de la nuit et des heures,
Parce que tu es seul, que tu souffres enfin
Du regret de l'Anjou sous le charme romain, -
Que ton âme s'angoisse ici transie et nue,
Comme je le devais, tu vois, je suis venue.

Du Bellay

Parce que tu es là, que tu touches mes mains,
Que ta voix est l'écho de mes airs angevins
Et me prend comme la plus fougueuse caresse,
Muse, je sens grandir en moi la belle ivresse.
C'est celle qui précède et suscite les chants
Et qui fait du poète ému le dieu vivant ;

Dont tout l'être est alors une lyre hautaine :
Les cordes sont la joie et la douleur humaines...

La Muse

Fais avec ta douleur de splendides chansons,
Des vers ailés, pleins de soleil et de frissons.
Quand le cœur est cerné des torturantes flammes,
Les accents les plus beaux alors montent des âmes..
Regarde, bien-aimé !...

Du Bellay

comme enivré d'une vision surgie, regarde le paysage.

Sortilège ! je vois
Pâlir dans le lointain du soir dômes et toits ;
Le grand décor pompeux de la ville éternelle
Se fane, se dissipe et meurt en ma prunelle.
Et voici que se forme, attendrissant et doux,
De toute la beauté éparse autour de nous,
Pour mes yeux étonnés un nouveau paysage...
C'est mon hameau natal en sa très simple image.
Oui... c'est bien le village aux murs bas et couverts
Comme de chaperons fourrés de lichens verts...
Voici l'église avec son fin clocher d'ardoise,
Et voici le calvaire où les routes se croisent,
Voici les peupliers qui bordent le chemin,
Voici la haie en fleurs et mouillée au matin,

Voici la « prée » au bord de la Loire, les grèves
Où je courais pieds nus des heures toujours brèves,
Et les arbres penchés où leste, je grimpais
Pour trouver au printemps des nids remplis d'œufs frais,
Le vieux puits à l'eau morte où des lierres grimpent,
Et puis voici surtout avec leurs blanches guimpes
Les filles de chez nous, sous les branches en dais,
Se tenant par le bras, chantant en virelais,
Elles vont et leur chant, pour que je m'attendrisse,
Redit les mêmes mots que disait ma nourrice.
Leur voix doit être un peu la musique du ciel,
Leurs lèvres ont un goût de framboise et de miel,
Elles ont dans les mains des lis légers, des roses,
Je respire comme un parfum toutes ces choses !...

LA MUSE

Enferme tout cela dans tes vers, tu le peux.
Puisque je suis à toi et puisque je le veux
Et que, pour ceux là-bas qui t'aiment, qui te lisent,
L'odeur du sol natal s'en exhale et les grise.

DU BELLAY

Tu dis vrai. Je dois mettre ainsi comme en bouquets
Mes amours de mon cher pays et mes regrets
Pour faire à tous goûter et sa grâce légère
Et l'éclat de son ciel, la bonté de sa terre,

Ses vins où tremble un peu de son joyeux soleil
Quand Bacchus dieu sourit à l'automne vermeil.

LA MUSE

Tu diras son génie exquis, frais, pétillant,
Son souriant dédain des sots et des méchants.
Tu diras le bonheur grave et tendre d'y vivre,
Tu diras tout cela, Du Bellay, dans ton livre.

DU BELLAY

Le bonheur, près des siens, d'y vivre pur et bon
Et d'y mourir un soir, tranquille, en sa maison.

LA MUSE

Pour ceux-là qui, suivant d'étranges destinées,
Se verront séparés des rives bien-aimées,
Pour tous les voyageurs et pour tous les proscrits,
Pour les errants, pour les malchanceux, tes écrits
Seront les compagnons aimés des heures tristes,
Ils verront qu'un reflet de leur âme y subsiste,
Que tu comprends quels pleurs amers gonflent leurs yeux.
Et ceux-là béniront tes vers harmonieux.

DU BELLAY
dans une exaltation croissante, voilée de découragement à la fin.

Je rêve dans mon livre une fleur merveilleuse,
Un poème où mon âme enivrée et pieuse

Fixerait à jamais le charme de Liré,
De ce coin de province enfin tant adoré.
Mon Anjou vivrait là d'une grâce immortelle,
Que les ans sur les ans feraient encor plus belle.
Il en aurait ainsi le parfum, la couleur.
De ma gerbe il serait la plus exquise fleur.
Il serait le son le plus pur de ma viole.
On l'apprendrait aux tout petits dans les écoles,
Il germerait avec le froment des sillons,
Avec la grappe aux ceps noueux des coteaux blonds.
Et jusqu'au soir des temps, amoureuse et câline,
Ma chanson bercerait les âmes angevines.
Ah ! c'est un trop beau rêve et c'est d'un fol orgueil !...

La Muse

Non... tu diras la joie acquise auprès du seüil,
Le bonheur du retour après la course vaine.
Pour tous les chemineaux de la grand'route humaine
L'avenir apparaît lumineux... triomphal...
Ton œuvre sera le miroir du ciel natal.
Et des fils de l'Anjou fiers de ta jeune gloire,
Tes beaux vers chanteront toujours dans la mémoire,
Ils flotteront dans l'air transparent du pays,
A sa beauté charmeuse, à sa douceur unis.
Emmêlés aux vins d'or aux sèves nourricières,
Ils passeront émus sur les lèvres des mères.
A tous ils donneront le consolant désir
De le revoir encor avant de s'endormir.

— 90 —

Auprès des morts aimés que le souvenir veille,
Ils seront les mots chers et tremblés à l'oreille.
Ils resteront avec l'inflétrissable fleur
Que tout être conserve au secret de son cœur,
Ils le feront aimer et chérir davantage.

Du Bellay

Pendant les derniers vers, la Muse l'a pris par la
main. Charmé, obéissant, comme recevant d'elle
l'inspiration délicieuse, il murmure d'une voix de
songe.

Heureux qui comme Ulysse a fait un beau voyage.

La Muse, doucement.

Ou comme celui-là qui conquit la Toison,

Du Bellay

Et puis est retourné plein d'usage et raison
Vivre entre ses parents le reste de son âge.

La Muse entraîne doucement Du Bellay par la main.

RIDEAU

TABLE DES MATIÈRES

Le Missel 7

Un Jour de Watteau. 43

La plus chère Beauté 73

Imprimerie du Commerce, 3, rue Saint-Maurille, Angers